VINDOBONA
VERLAG SEIT 1946

AF171494

ELISABETH RÖSCH

Prinzessin Avaline
SCHAMANISCHES MÄRCHEN

VINDOBONA
VERLAG SEIT 1946

Bibliografische Information
der Deutschen Nationalbibliothek:

Die Deutsche Nationalbibliothek
verzeichnet diese Publikation in
der Deutschen Nationalbibliografie.
Detaillierte bibliografische Daten
sind im Internet über
http://www.d-nb.de abrufbar.

Alle Rechte der Verbreitung,
auch durch Film, Funk und Fernsehen,
fotomechanische Wiedergabe,
Tonträger, elektronische Datenträger und
auszugsweisen Nachdruck,
sind vorbehalten.

www.vindobonaverlag.com

© 2024 Vindobona Verlag
in der novum publishing gmbh
Rathausgasse 73, A-7311 Neckenmarkt
office@vindobonaverlag.com

ISBN 978-3-903574-24-3
Lektorat: Thomas Schwentenwein
Umschlag- & Innenabbildungen:
Barbara Veronica Della Monaca
Umschlaggestaltung, Layout & Satz:
Vindobona Verlag

Die von der Autorin zur Verfügung
gestellten Abbildungen wurden in der
bestmöglichen Qualität gedruckt.

Gedruckt in der Europäischen Union
auf umweltfreundlichem, chlor- und
säurefrei gebleichtem Papier.

Vorwort

Zitiert aus:

Reinhart, Melanie: Chiron: Heiler und Botschafter des Kosmos, Edition Astrodata, Wettswil, 1999, Seite 21 ff

„Historisch entspricht die schamanische Periode dem Leben in Stammesverbänden. Der Mensch war in eine Ganzheit eingebunden, die seine Familie, seine Vorfahren, die Natur und das ganze Leben umschloss. Überall in seiner Umgebung erkannte er die Widerspiegelungen verschiedener kosmologischer Gottheiten. Individualität war also nicht gleichbedeutend mit Isolation, sondern hatte nur Gültigkeit im Verhältnis zur Gemeinschaft und zum Platz des einzelnen in dieser Gemeinschaft. Wir haben dieses Bewusstsein verloren, und genau dieser Mangel macht unsere Verletzung aus, die Krankheit der westlichen Industriegesellschaften.

Jung drückt dies sehr treffend aus:
‚Während das wissenschaftliche Verständnis wuchs, wurde unsere Welt entmenschlicht. Der Mensch fühlt sich im Kosmos isoliert, weil er nicht mehr Anteil an der Natur hat und seine emotionale „unbewusste Identität" mit Naturphänomenen verlor. Letztere haben allmählich ihre symbolischen Untertöne verloren. Der Donner ist nicht länger die Stimme eines zornigen Gottes, der Blitz ist kein rächender Pfeil. Kein Fluss birgt noch einen Geist, kein Baum ist mehr die Verkörperung der Weisheit, keine Berghöhle ist die Wohnstatt eines großen Dämons. Keine Stimmen sprechen mehr aus Steinen, Pflanzen und Tieren zu den Menschen, und auch die Menschen sprechen nicht mehr zu ihnen im Glauben, dass sie gehört werden. Dieser Kontakt mit

der Natur ist verloren, und mit ihm die tiefe emotionale Energie, die aus dieser symbolischen Verbindung erwächst.'
(C. G. Jung: Traum und Traumdeutung, dtv 35173)

In der Astrologie repräsentiert Chiron im Horoskop unseren natürlichen Weg der Wiederverbindung mit den numinosen Dimensionen des Lebens, sowie die Gelegenheit, unser eigenes verdrängtes Leiden voller Mitgefühl anzunehmen."

Es war einmal vor langer, langer Zeit eine kleine Prinzessin. Sie hieß Avaline.

Sie wohnte mit ihren Eltern, dem König und der Königin, in einem wunderschönen weißen Schloss mit vielen Türmen auf einem Hügel. Rings um den Hügel gab es einen dichten Wald. Im Schlosspark weideten Rehe und Hirsche, im Teich schwammen Schwäne und Enten. Sechs große Hunde bewachten Schloss und Schlosspark.

Der König und die Königin hatten immer viel zu tun mit ihren Regierungsgeschäften. Trotzdem spazierte die Königin jeden Tag mit ihrem Töchterchen Prinzessin Avaline im Schlosspark.

Als die Königin mit Prinzessin Avaline eines schönen Tages im nahen Wald spazierte, stand plötzlich wie aus dem Boden gewachsen ein Zwerg mit langem weißem Bart vor der Königin.

„Königin, du wirst bald ein zweites Kind gebären. Aber dieses erste, Prinzessin Avaline, wird verschwinden und du wirst sie nie wieder sehen."

Der Zwerg schaute die Königin sehr ernst an und verschwand dann im Wald.

Zu Tode erschrocken kehrte die Königin mit Prinzessin Avaline ins Schloss zurück, suchte augenblicklich ihren Gemahl auf und erzählte ihm von der Begegnung mit dem Zwerg.

Der König ließ die Kinderfrau von Prinzessin Avaline holen.

„Hör mir gut zu", sagte er zu ihr, „du darfst die Prinzessin keinen Augenblick unbeaufsichtigt lassen. Eine Magd soll Tag und Nacht vor ihrer Zimmertüre sitzen und Wache halten."

So geschah es.

Einige Zeit später gebar die Königin ihr zweites Kind, wie es der Zwerg prophezeit hatte.

Sie nannten ihr Töchterchen Sabina.

Prinzessin Avaline freute sich über ihr Schwesterchen. Jedoch hatte die Königin nun keine Zeit mehr für Avaline, sondern überließ sie den ganzen Tag der Kinderfrau.

Diese holte die Prinzessin am Morgen aus dem Bettchen, badete sie, aß mit ihr am Frühstückstisch, spielte mit ihr und ging mit ihr spazieren. Die Königin überließ alle Regierungsgeschäfte ihrem Gemahl. Sie widmete sich nun ausschließlich ihrer zweiten Tochter Sabina.

Prinzessin Avaline war ein aufgewecktes, fröhliches Kind. Nach dem Mittagsschlaf konnte sie es kaum erwarten, zu ihrer Schwester Sabina ans Bett zu gehen und mit ihr zu spielen.

Da fesselte die Königin ihre Tochter Avaline an Armen und Beinen an die Gitterstäbe ihres Bettes, damit das Kind nicht die kleine Prinzessin wecken konnte.

Prinzessin Avaline lag still und bewegungslos in ihrem Bett. Sie weinte und konnte vor Traurigkeit kaum schlafen. Als sie die Augen wieder öffnete, stand eine Gestalt an ihrem Bett.

„Wer bist du?", fragte Avaline.

„Ich bin die Fee Julia. Ich weiß immer, wie es dir geht und was du machst."

„Wirst du mich erlösen?"

„Ja, eines Tages, mein Liebes. Aber du musst Geduld haben, liebe Avaline. Ich werde deiner Mama sagen, dass sie dich befreien muss und dass sie dir nicht wehtun darf."

Liebevoll blickte sie der Prinzessin in die Augen, strich ihr sachte über die gefesselten Arme und Beine und verließ dann das Kinderzimmer.

Kurz darauf kam die Königin, um Prinzessin Avaline zu befreien.

Jedoch blieb sie dabei, die Prinzessin jeden Mittag am Bett festzubinden.

Als die Prinzessin fünf Jahre alt war, verließ sie einmal die königlichen Gemächer und schlich in die Küche zu Frau Weihnachten. Die Köchin öffnete gerade das hohe Küchenfenster, um die Brotkrümel und Brotreste des Frühstücks auf den Fenstersims zu streuen. Flugs flogen die Möwen heran, setzten sich auf den Fenstersims und pickten die Krümel.

Eine der Möwen war etwas größer als die andern. Sie war als erste herangeflogen. Aufmerksam beobachtete die Prinzessin die Möwe. Es schien ihr, die Möwe betrachte sie ebenfalls. Aufgeregt zupfte Avaline die Köchin am Ärmel.

„Du, die große Möwe will mir etwas sagen, etwas ganz Wichtiges."
„Ja, Prinzessin, beobachte sie gut, so lernst du ihre Sprache kennen."
„Kennst du ihre Sprache?"
„Ja, Prinzessin Avaline. Ich kenne die Sprache der Vögel."
„Ich nenne die Möwe Cyril."

Als die Möwen weggeflogen waren, wurde die Prinzessin traurig.
„Wann kommen sie wieder?"
„Sie kommen jeden Morgen, Prinzessin."

Da hüpfte Avaline fröhlich von einem Bein aufs andere und trällerte:
„Morgen kommt Cyril wieder! Morgen kommt Cyril wieder!"

„Was tust du denn hier in der Küche?"

Prinzessin Avaline hörte die verärgerte Stimme ihrer Mutter, der Königin.

„Ich habe dir verboten, die königlichen Gemächer zu verlassen. Du weißt, wenn du nicht gehorchst, sperre ich dich ein."

Die Königin packte die Prinzessin am Arm und zog sie hinter sich her.

„Aber ich habe doch gerade Cyril kennengelernt", verteidigte sich die Prinzessin.

Wortlos schob die Königin ihre Tochter in eine dunkle Holzkammer. Sie schloss die Türe mit einem schweren Eisenschlüssel.

Es war stockdunkel in der Holzkammer. Ängstlich lehnte sich das Kind an einen Holzstapel.

Langsam gewöhnten sich ihre Augen an die Dunkelheit. Da! An der Diele! Zwei Gesichter! Ein Mann und ein Junge. Sie lächelten ihr zu. Die Prinzessin zitterte vor Angst.

Da spürte sie neben sich etwas Warmes, Weiches, ein kleines, weiß gekleidetes Mädchen.

„Prinzessin, wenn du nicht atmest, wissen sie nicht, dass du da bist."

„Wer bist du?", flüsterte Avaline.

„Ich bin Elfe Lilly. Ich kenne dich. Fee Julia hat mich zu dir geschickt. Du wirst mich jetzt öfters sehen."

Die Prinzessin nickte und hielt ängstlich den Atem an. Die Zeit kam ihr ewig vor, bis jemand von außen den Schlüssel ins Schloss steckte und die Türe öffnete. Blinzelnd trat die Prinzessin ins Tageslicht.

„Komm, Prinzessin, wir gehen jetzt in den Schlosspark!"

Die Kinderfrau nahm Avaline bei der Hand.

„Heute möchte ich mit den Hunden spielen!", rief Avaline, riss sich los und rannte voraus.

Die sechs großen Hunde sprangen ihr entgegen. Prinzessin Avaline sprang mit ihnen um die Wette, strich ihnen dann übers Fell, kraulte sie hinter den Ohren, und die Hunde leckten ihr die Hände. Sie brachte ihnen einen Napf mit frischem Wasser.

„Prinzessin, was ist mit deiner Frisur?"

Die Kinderfrau schlug entsetzt ihre Hände vor das Gesicht.

„Komm sofort ins Haus, wasche dich und lass dich frisieren. Wenn uns ja niemand begegnet."

Sie zog die widerstrebende Prinzessin mit sich in die königlichen Gemächer.

Der Kammerdiener des Königs hatte alles beobachtet und berichtete es dem König.

Abends, nach dem Abendessen, nahmen sich der König und die Königin jeweils Zeit für ihre zwei Töchter. Sie setzten sich in den Salon, die Königin in ihren roten Samt-Polstersessel mit Armlehnen, der König auf seinen purpurroten, mit Goldstickerei verzierten Sessel.

Er hielt seine Tochter Sabina auf den Knien.

Prinzessin Avaline machte es sich auf dem Sofa mit Kissen gemütlich.

An diesem Abend sagte der König:
„Hör mir gut zu, Prinzessin Sabina:
Prinzessin Sabina ist lieb.
Prinzessin Avaline ist böse."

Prinzessin Sabina strahlte ihren Vater an. Prinzessin Avaline begann herzzerreißend zu weinen. Die Königin saß verdattert auf ihrem Sessel und schwieg.

Anderntags lachte Prinzessin Sabina ihre Schwester aus.
„Avaline, du bist gar keine richtige Prinzessin! Echte Prinzessinnen laufen schreiend weg, wenn sie eine Spinne sehen. Aber du hast keine Angst vor Spinnen. Du besorgst dir ein Trinkglas und einen Karton, wer weiß, woher du das nimmst, forderst die Spinne auf, in das Glas zu kriechen, deckst sie mit dem Karton zu und bringst sie in den Schlossgarten, wo du sie freudig herauskriechen lässt. Du kümmerst dich nicht um deine Haare und schöne Kleider, sondern machst dich im Schlosspark bei den Hunden schmutzig, streichst ihnen ihr Fell und lässt dir von ihnen die Hand lecken. Wie ekelhaft! Und als ob das nicht genug wäre, redest du mit der Luft und behauptest, neben dir stehe ein Mädchen."

Da weinte Prinzessin Avaline untröstlich.

In dieser Nacht konnte Prinzessin Avaline nicht einschlafen. Die Königin hatte angeordnet, dass sie aus ihrem eigenen Zimmer umziehen müsse in das Zimmer von Prinzessin Sabina, weil Prinzessin Sabina sich in der Nacht fürchtete.
   Prinzessin Sabina schlief schon tief und fest an diesem Abend.
   Prinzessin Avaline bemerkte, wie sich der Vorhang am offenen Fenster bewegte.
   Die Fee Julia trat an das Bett von Prinzessin Avaline und hielt verschwörerisch den Zeigefinger auf die Lippen.

„Grüß dich, Prinzessin Avaline", flüsterte sie, „der Zauberer Hieronymus holt dich jetzt gleich und bringt dich zur Hexe Waldtraut. Hab keine Angst, sie lieben dich."

Prinzessin Avaline schaute die Fee erstaunt mit großen Augen an.

Da stand auch schon der große Zauberer Hieronymus neben ihrem Bett. Auch er legte sich den Zeigefinger auf den Mund.

Er hob die Prinzessin aus dem Bett und trug sie in seinen starken Armen zum Fenster.

Als könnte er fliegen, sprang er behänd auf den Sims und landete mit der Prinzessin in den Armen mit einem Satz im Schlosspark. Im Schatten der Schlossmauern lief er, sich duckend, eiligen Schrittes weiter. Fee Julia folgte ihnen mit Elfe Lilly an der Hand. Die Hunde sprangen winselnd an ihnen hoch und begleiteten sie durch den dunklen Park, vorbei an der schlafenden Wache im Torbogen, hinaus auf den Waldweg.

Winselnd kehrten die Hunde zurück in den Schlosspark.

Mit langen Schritten ging Zauberer Hieronymus mit der nun schlafenden Avaline durchs Dickicht, vorbei an Rehen, die scheu ihre Köpfe hoben. Nach langer Zeit standen sie vor einem Häuschen mit beleuchteten Fenstern in einer Waldlichtung.

Zauberer Hieronymus klopfte an die Türe, mit der schlafenden Prinzessin Avaline auf dem Arm.

Die Türe öffnete sich, eine alte Frau mit braunem Wuschelkopf und einem schwarzen Kater auf der rechten Schulter trat heraus.

Mit einer Handbewegung forderte sie den Zauberer Hieronymus auf, ins Haus zu treten.

Der Zauberer musste sich bücken und trat ein.

„Bitte bring die Prinzessin in die Kammer, die ich für sie vorbereitet habe", sagte Hexe Waldtraut.

Zauberer Hieronymus, Hexe Waldtraut, Fee Julia und Elfe Lilly stiegen die Wendeltreppe hoch und betraten nacheinander eine kleine Kammer. Zauberer Hieronymus legte die schlafende Prinzessin ins Bett und deckte sie fürsorglich zu.

„Sie wird bis zum Morgen schlafen", sagte Hexe Waldtraut.

Fee Julia blieb lächelnd am Fußende des Bettes stehen und winkte den beiden, die nun die Kammer verließen.

„Elfe Lilly und ich bleiben hier bei Prinzessin Avaline. Sie kennt uns", sagte Fee Julia.

Der schwarze Kater Samtpfote sprang mit einem Satz auf die Bettdecke und rollte sich am Fußende schnurrend zusammen, drückte die Augen zu und war auch schon eingeschlafen.

Zauberer Hieronymus und Hexe Waldtraut berieten nun, wie sie vorgehen sollten. Sie rechneten damit, dass der König seine Tochter im ganzen Land suchen würde. Aber hier war die Prinzessin sicher. Hieronymus und Waldtraut hatten ihre Auskundschafter. Rabe Anatol würde sie rechtzeitig warnen, falls jemand in die Nähe kommen sollte.

Wenn Zauberer Hieronymus die Augen schloss, konnte er alles sehen, was auf der Welt geschah. So konnte er jetzt Hexe Waldtraut beruhigen.

„Mache dir keine Sorgen. Im Schloss schlafen alle. Niemand hat bemerkt, dass Prinzessin Avaline verschwunden ist."

Hexe Waldtraut braute einen Tee aus Blättern, Kräutern und Beeren und süßte ihn mit Honig. Einen Becher mit diesem Tee stellte sie auf das Nachttischchen neben Prinzessin Avalines Bett. Fee Julia wachte über den Schlaf von Avaline und Lilly, die vor Müdigkeit neben der Prinzessin ebenfalls eingeschlafen war.

Nachdem Hexe Waldtraut noch ein Holzscheit in den Ofen gelegt hatte, um die Glut zu erhalten, legte sie sich in ihr Bett, deckte sich mit einer Wolldecke zu und schlief ein.

Neben dem Eingang hatte sich Zauberer Hieronymus schlafen gelegt. Vor dem Häuschen wechselten sich die Zwerge alle drei Stunden mit der Nachtwache ab.

Waldhäuschen

In den frühen Morgenstunden erwachte die Königin mit einem unguten Gefühl.

Sie hatte vom Zwerg mit dem langen weißen Bart geträumt. Er wiederholte im Traum immer wieder:

„Prinzessin Avaline ist verschwunden. Prinzessin Avaline ist verschwunden."

Die Königin legte sich einen samtenen Morgenmantel um und begab sich ins Schlafzimmer ihrer Töchter. Prinzessin Sabina schlief friedlich, mit einem Daumen im Mund. Der Blick der Königin glitt zum Bett von Prinzessin Avaline. Das Bett war leer.

Die Königin hielt sich eine Hand vor den Mund, um nicht laut zu schreien.

„Die Prinzessin wird verschwinden und du wirst sie nie wiedersehen."

Die unheilvollen Worte des Zwerges hallten in ihr nach. Kreideweiß im Gesicht suchte die Königin ihren Gemahl. Sie fand ihn, wie er gerade dabei war, sich den Bart zu rasieren.

„Prinzessin Avaline ist nicht in ihrem Bett", war alles, was die Königin sagen konnte.

Der König erschrak.

„Das ist unmöglich. Die Magd wacht vor der Türe. Avaline müsste ja über sie hinweg geklettert sein."

Mit wenigen Schritten war er vor dem Schlafgemach seiner Töchter.

Verdutzt blickte ihn die Magd an.

„Wo ist Prinzessin Avaline?", fragte der König unwirsch.

„Ich weiß es nicht, Eure Majestät. Ich habe die ganze Nacht hier gesessen. Ich hätte sie sehen und hören müssen."

„Sie kann ja nicht aus dem Fenster gesprungen sein, das Fenster ist viel zu hoch. Sicher warst du eingeschlafen und die Prinzessin hat sich hinausgeschlichen."

Der König betrat das Schlafzimmer und blickte ungläubig auf das leere Bett.

Er erinnerte sich an die Prophezeiung des Zwerges und erschauerte.

Es war einfach unmöglich, dass jemand seine Tochter hatte rauben können! Die Hunde ließen niemanden in den Park und schon gar nicht ins Schloss. Er ordnete sofort eine Suchaktion in allen Schlossräumen und im Park an.

Als einige Stunden später, gegen Mittag, seine Diener einer nach dem andern zurückkamen, ohne eine Spur von Prinzessin Avaline gefunden zu haben, ließ der König die Pferde satteln.

„Wir durchsuchen den Wald, nehmt die Hunde mit!"

Früh am Morgen braute die Hexe Waldtraut Tee für sich und Zauberer Hieronymus. Dazu aßen sie selbst gebackenes Brot.

Nach dem Frühstück schloss Zauberer Hieronymus seine Augen. Er sah, wie der König und die Königin und alle Diener besorgt nach der Prinzessin suchten.

Inzwischen war auch Prinzessin Avaline erwacht. Sie sah neben sich Elfe Lilly und vor ihrem Bett Fee Julia stehen.

„Wo bin ich?"

„Du bist im Häuschen von Hexe Waldtraut und Zauberer Hieronymus, mitten im Wald. Du darfst jetzt bei ihnen leben. Sie haben dich sehr lieb."

„Danke, Fee Julia. Wie aber bin ich hierhergekommen?"

„Zauberer Hieronymus hat dich gestern Abend im Schloss aus deinem Bett geholt und dich hierher getragen."

„Ja, jetzt erinnere ich mich. Mein Vater wird mich suchen. Sicher erwartet mich eine große Strafe, wenn er mich hier findet."

„Nein, Avaline, mache dir keine Sorgen. Zauberer Hieronymus passt gut auf dich auf. Ich begleite dich jetzt zu Hexe Waldtraut und Zauberer Hieronymus. Sie werden mit dir alles besprechen."

„Danke tausendmal, Fee Julia!!!"

Die Prinzessin erhob sich vom Bett und trank den süßen Tee, den Hexe Waldtraut hingestellt hatte. Dann nahm Fee Julia sie und Lilly bei der Hand. Zusammen stiegen sie die Wendeltreppe hinunter in die Stube, wo Hexe Waldtraut und Zauberer Hieronymus sie erwarteten. Der schwarze Kater lief hinter ihnen her.

„Guten Morgen, mein Kind! Hast du gut geschlafen? Setz dich hier an den Tisch. Ich hole dir gleich Milch."

Hexe Waldtraut begab sich mit einer Schale nach draußen und kehrte bald zurück.

„Das ist frische Milch von unserer Ziege. Sie freut sich, wenn du sie nach dem Frühstück begrüßt und ihr für die Milch dankst."

Avaline nickte. Sie aß zwei Stück Honigbrot und trank die frische Milch.

Dann begleiteten die beiden Mädchen die Fee Julia in den Garten, wo alle von ihr Abschied nahmen und ihr winkten. Fee Julia wischte sich verstohlen die Tränen weg.

„Komm uns besuchen, wann immer du willst, Fee Julia!", rief ihr Hexe Waldtraut nach.

Avaline ging zur Ziege im Garten, Lilly folgte ihr. Die Prinzessin ließ sich von der Ziege die Hand lecken. „Guten Morgen, liebe Ziege. Ich bin Avaline. Ich werde jetzt auch hier wohnen. Und das ist Lilly, die Elfe, die mich immer begleitet. Danke dir für die gute Milch. Sie hat mir sehr geschmeckt." Ein zufriedenes Meckern war die Antwort.

Hexe Waldtraut hatte inzwischen alles vorbereitet, damit Avaline in einem Bottich baden konnte, und legte der Prinzessin dann frische Wäsche und Kleider bereit.

„Woher hast du diese schönen Kleider?", fragte Avaline erstaunt.

„Die habe ich bei einem Stadtbesuch besorgt. Sie stehen dir, das freut mich."

Avaline hatte sich soeben fertig angezogen, als der Zauberer Hieronymus zu ihnen trat.

„Der König und seine Diener kommen zu Pferd, begleitet von den Hunden, um den Wald nach dir abzusuchen, Avaline."

„Nein, ich will nicht zurückgehen! Bitte, Zauberer Hieronymus, verstecke mich. Ich will bei euch bleiben."

„Mache dir keine Sorgen, mein Liebes. Ich werde uns jetzt alle in Zwerge verzaubern, auch unsere Ziege. Wir sehen einander und können auch miteinander reden. Aber die Menschen sehen uns nicht. Die Hunde riechen uns zwar, aber das macht nichts."

„Aber meine Mama hatte doch einen Zwerg gesehen, der ihr sagte, dass ich verschwinden werde!"

„Menschen sehen die Zwerge nur in ganz seltenen Situationen, wenn die Zwerge ihnen eine Botschaft übermitteln. Sonst sind alle Zwerge unsichtbar. Alle Spuren von uns lasse ich jetzt verschwinden. Wenn der König und seine Diener hierherkommen, sehen sie ein unbewohntes Häuschen."

Während Zauberer Hieronymus sprach, hob er die Hände und murmelte fremdartige Worte. Avaline sah einen Zwerg da stehen, wo soeben noch Hieronymus gestanden hatte. Sie schaute an sich selbst hinab und sah, dass sie ein Zwergenmädchen geworden war. Die Hexe Waldtraut kam ihnen ebenfalls als Zwergin entgegen.
„Jeee, ich bin ein Zwerg! Ich bin ein Zwerg!"
Avaline hüpfte lachend hin und her und klatschte in die Hände.
„Lilly, du hübsches kleines Zwergenmädchen."
Zwergin Avaline zog ihre Freundin sanft an sich.

„Wenn Leute kommen, rede ich mit euch nur durch Handzeichen. Bitte sprecht dann nicht."
Avaline nickte. Ihr Herz klopfte aufgeregt. Die Hexe brachte ihr einen Sirup.
„Trink, Avaline, der Sirup wird dich beruhigen."
Rabe Anatol flog mit aufgeregtem Flügelschlag krächzend zu ihnen.
Zwerg Hieronymus schloss die Augen.
„Sie sind in der Nähe. Gehen wir ein Stück in den Wald!"
Da zitterte auch schon der Waldboden von den Hufen der Pferde, und die Zwerge hörten die Stimmen der Männer.
„Wir steigen ab und gehen zu Fuß durch dieses Dickicht. Bindet die Pferde an!"
Avaline erkannte die Stimme ihres Vaters. Zwerg Hieronymus winkte sie zu sich und Hexe Waldtraut. Sie setzten sich etwas entfernt vom Häuschen auf Baumstrünke und beobachteten, wie die Männer sich dem Häuschen näherten. Die Zwergin Waldtraut legte beschützend den Arm um Avaline.
Zwei der größten Hunde sprangen schnurstracks winselnd zum Zwergenmädchen Avaline.
„Ich liebe euch!", flüsterte das Kind den Hunden zu.
Zwei Männer kamen den Hunden nach.
„Die Hunde haben etwas gefunden, kommt hierhin!", riefen sie.

Die Hunde standen wedelnd und winselnd vor der Zwergengruppe.

Zwerg Hieronymus bedeutete Avaline, ganz still zu sitzen.

Die Männer durchsuchten das nahe Dickicht, konnten aber nichts finden.

„Wahrscheinlich sind sie hier vorbeigegangen, die Hunde riechen sie. Aber da ist niemand. Gehen wir ins Haus."

Die Männer riefen die Hunde zu sich.

„Geht jetzt brav! Ich bleibe hier!", flüsterte Avaline mit laut pochendem Herzen.

Da folgten die Hunde den Männern.

„Werde ich sie wohl je wieder sehen?", fragte das Zwergenmädchen.

„Wer weiß?", flüsterte Zwergin Waldtraut.

Die Männer standen jetzt vor dem Häuschen.

„Zwei gehen hinauf, zwei durchsuchen das Erdgeschoss und zwei suchen rings um das Haus!", befahl der König.

Während einer Stunde durchsuchten die Männer die ganze Umgebung.

„Gehen wir weiter!", sagte der König.

„Hier wohnt niemand. Hier war schon lange kein Mensch mehr."

Die Männer gingen zurück, banden ihre Pferde los und ritten, gefolgt von den Hunden, weiter durch den Wald.

Bewundernd blickte Avaline zu Zauberer Hieronymus.

„Das war aufregend!"

„Ja, Avaline, bleib immer in unserer Nähe und höre auf uns. Dann wird dir hier bei uns nichts geschehen." Während der Zauberer sprach, gab er allen wieder ihre ursprüngliche Gestalt zurück.

Avaline lief in den Garten, wo nun auch die Ziege wieder friedlich graste. Rabe Anatol hüpfte munter auf den Tisch und pickte ein paar Brotkrümel.

Offensichtlich hatten die Männer diese nicht bemerkt.

Rabe Anatol

„Heute machen wir einen Waldspaziergang, Prinzessin Avaline", sagte Zauberer Hieronymus eines Morgens nach dem Frühstück, als Avaline sich zu den Zwergen gesetzt hatte.

„Kommst du mit?"

„Ja! Ja! Natürlich!"

Avaline winkte den Zwergen und fasste vertrauensvoll Zauberer Hieronymus bei der Hand.

Gemeinsam schritten sie auf dem schmalen, steinigen Waldweg der Sonne entgegen, die durch die Blätter der Bäume schien.

Hieronymus führte das Kind zu der großen Eiche am Eingang des Waldes.

„Avaline, dieser Baum ist der Wächter des Waldes. Du sollst ihn immer begrüßen und ihm sagen, was du im Wald tun wirst."

„Ich begrüße den Wald und alle seine Bewohner", sagte er und berührte den mächtigen Stamm der Eiche.
„Ich komme in guter Absicht. Wir sind hier, um euch zu besuchen."
Er hob den Kopf, um den Baum in seiner Größe zu betrachten und zu bestaunen. Sein Blick schweifte dann zu allen Bäumen und Sträuchern in der Nähe.
„Wenn du den Wächter begrüßt und berührst, spüren das alle Bäume im ganzen Wald, alle Pflanzen und Tiere. Du wirst sehen, dass sie dich alle willkommen heißen. Nun bist du an der Reihe."
„Ich begrüße den Wald und alle seine Bewohner. Ich komme in guter Absicht", sagte Avaline ehrfürchtig. Sie schaute zum Baum hoch und dann zu allen Bäumen und Pflanzen in der Umgebung. Sie legte ihre Hand auf den Stamm.
„Sie freuen sich! Sie nicken mir zu!"
„Wunderbar, Avaline! Komm, wir gehen jetzt weiter!"
Wieder fasste das Kind nach der Hand des Zauberers. Fröhlich schritten sie weiter.

Plötzlich blieb Prinzessin Avaline stehen.
„Schau hier, das tote Mäuschen! Es blickt ja ganz erschrocken zum Himmel hinauf! Du armes Kleines!"
Avaline suchte zwei große Blätter. Eines legte sie neben das Mäuschen, mit dem andern schob sie das Tierchen bäuchlings darauf und deckte es zu. Dann legte sie es in ein Gebüsch.
Ganz ernst blickte das Mädchen zu Zauberer Hieronymus, der ruhig zugesehen hatte.
„Jetzt können wir weiter gehen", sagte Avaline und fasste nach seiner Hand.
„Du hast ein gutes Herz, mein Kind. Das hast du gut gemacht. Der Große Geist wird es nicht vergessen."
„Schau, die herzigen Blümchen, Hieronymus!", sagte Avaline nach einer Weile. Sie kauerte sich nieder, um einige der weißen Blumen zu pflücken.
Zauberer Hieronymus berührte das Mädchen sanft an der Schulter.

„Langsam, Prinzessin Avaline! Du musst die Blümlein zuerst anschauen und sie fragen, nicht alle wollen gepflückt werden. Einige sind gerade im Gespräch mit dem Großen Geist und wollen nicht gestört werden. Andere haben eine wichtige Aufgabe zu erledigen und haben keine Zeit. Wenn du genau hinschaust, siehst du, was sie dir sagen."

Prinzessin Avaline hatte interessiert zugehört.

„Oh, daran habe ich gar nicht gedacht, dass die Blumen eine Aufgabe haben oder im Gespräch sind."

Sie kauerte sich nieder und beobachtete jede Blume genau. Dann nickte sie.

„Ja, du hast recht, ich sehe jetzt, dass jede Blume etwas anderes tut. Einige hüten auch die kleineren."

„Darf ich dich mitnehmen?", fragte sie vorsichtig eine weiße Blume, die etwas am Rand stand.

„Sie lächelt mich an! Ich darf sie nehmen!", sagte sie und pflückte die Blume.

„Danke dir!", sagte das Mädchen.

„Hier sind so viele, sicher darf ich einige mitnehmen!", sagte Avaline, als sie auf dem Weg weitergewandert waren.

„Schaue sie an und frage!", mahnte Hieronymus.

„Darf ich ein paar von euch mitnehmen?", fragte Prinzessin Avaline.

Die höchste und größte der Blumen antwortete ernst:

„Nein, Prinzessin Avaline. Wir sind zwar Heilkräuter, dort weiter vorne darfst du einige nehmen und essen. Aber uns musst du bitte stehen lassen, wir haben gerade eine wichtige Aufgabe übernommen."

„Ja, danke, liebe Blume. Darf ich fragen, was für eine Aufgabe ihr übernommen habt?"

„Es kommt jetzt dann ein Rudel Rehe hier vorbei, wir müssen ihnen sagen, welchen Weg sie von hier aus gehen müssen. Also geht jetzt weiter! Aber bitte leise und langsam und bleibt auf dem Weg! Die Rehe sind scheu und können nicht schnell weggehen. Einige tragen noch, andere haben kleine Kitze bei sich!"

„Danke, liebe Blume! Komm, Hieronymus, wir gehen weiter!"
Das Mädchen zog den großen Mann an der Hand weiter.
„Avaline, frage immer noch zusätzlich einen kräuterkundigen Erwachsenen, ob du die Blumen essen darfst", mahnte Hieronymus. Avaline nickte ernst.
Weiter vorne auf dem Weg gab es tatsächlich wieder einige dieser Heilpflanzen.
„Komm, Avaline, du kannst uns essen!", riefen sie dem Mädchen zu.
Avaline freute sich.
„Darf ich, Hieronymus?"
Auf sein Nicken hin zupfte sie ein Blümlein ab.
„Iss mich!", sagte es.
Avaline steckte die Blume in den Mund und kaute sie.
„Mmmhh!" Sie lachte und aß noch mehrere von den köstlichen Blumen.
„Nimm keine mehr!", sagte dann eine der größeren Blumen.
„Warum nicht?"
„Du hast genug davon gegessen!"
„Prinzessin Avaline, bedanke dich bei den Blumen. Bedanke dich immer für alles. Das ist ganz wichtig. Die Blumen, Pflanzen und Tiere bedanken sich auch bei dir, du wirst sehen", sagte Zauberer Hieronymus.
„Ich danke euch, liebe Blumen!"
Prinzessin Avaline nickte den Blumen lächelnd zu und ging weiter mit Zauberer Hieronymus.

Nach einer Weile hörten sie ein Rauschen im Dickicht.
„Da! Schau! Die Rehe!", rief Prinzessin Avaline aufgeregt.
Sie blieben stehen und schauten. Acht Rehe mit zwei Kitzen in ihrer Mitte sprangen durchs Gebüsch.
Andächtig schaute Avaline ihnen nach.
„Ich liebe sie!", flüsterte sie.

Als sie ein Stück des Weges weitergegangen waren, bückte sich Avaline.

„Schau mal, dieser weiße Stein, wie er leuchtet! Den nehme ich mit."

Zauberer Hieronymus fasste Avaline an der Schulter.

„Warte mal, Prinzessin Avaline, nicht so schnell! Frage den Stein, ob du ihn mitnehmen darfst!"

„Warum? Hat er auch eine Aufgabe?"

„Ja natürlich! Auch die Steine haben ihre Aufgaben!"

„Stein, darf ich dich mitnehmen? Du gefällst mir so sehr!"

„Ich bin gerade beschäftigt. Bitte geh weiter!"

„Lieber Stein, was hast du für eine Aufgabe?"

„Ich bin gerade im Gespräch mit dem Großen Geist", erklärte der Stein.

„Danke, lieber Stein", flüsterte Avaline ehrfürchtig.

Als sie auf dem Weg weiter schritten, wies Zauberer Hieronymus mit der Hand rechts zu einem Gebüsch.

Prinzessin Avaline folgte seiner Hand mit den Augen. Vor dem Gebüsch sah sie ein weißes Mäuschen. Es hatte sich auf die Hinterpfötchen gestellt und blickte zu Avaline. Fünf, sechs Sekunden blieb es so regungslos stehen, dann huschte es ins Gebüsch davon.

„Avaline, das ist der Geist des toten Mäuschens, das du vorher auf Blätter in ein Gebüsch gelegt hast. Es ist gekommen, um sich bei dir zu bedanken."

„Aha, deshalb sah es aus wie durchsichtig, nicht aus Fleisch und Knochen."

Avaline schnürte sich die Kehle zusammen. Sie wischte sich Tränen aus den Augen und setzte sich tief atmend auf eine nahe Bank.

„Ja, machen wir eine Pause", sagte Zauberer Hieronymus. Er setzte sich neben das Mädchen.

„Die Begegnung mit dem Mäuschen hat dich sehr berührt, nicht wahr?", sagte er und beugte sich über Avaline.

Die Prinzessin nickte ernst.

„Ja wirklich, das hat mich sehr berührt."

„Du wirst sehen, Dankbarkeit ist keine Erfindung der Menschen. Dankbarkeit liegt im Geist der Natur, sowie auch das Bitten um etwas. Sieh die Bäume und die Blumen, sie sehnen sich nach Licht, Sonne und Regen, bitten darum und bedanken sich, himmelwärts schauend. Sie versuchen auch, mit den Menschen zu reden. Das wirst du auch noch erfahren. Aber für heute haben wir wohl genug erlebt. Gehen wir nach Hause."

„Nimmst du mich bald wieder mit auf einen Waldspaziergang?"

„Natürlich, liebe Avaline. Wir erkunden den Wald gemeinsam. Er lehrt uns täglich Neues, lässt uns teilhaben an seinem Reichtum. Beim nächsten Spaziergang bringe ich dich zu den Bächlein. Du wirst in ihrem fröhlichen Plätschern hören, was sie dir erzählen. Und du wirst auch bemerken, dass die Vögel uns beobachten, begleiten und uns auf Gefahren aufmerksam machen. Komm, wir haben noch eine Aufgabe."

Zauberer Hieronymus trat zu der großen Eiche am Waldeingang.

Wieder berührte er den Stamm des Baumes und blickte an ihm hoch.

„Wir danken dir und allen Waldbewohnern, dass wir hier sein durften. Es ist wundervoll bei euch!"

Avaline berührte den Baum.

„Danke dir, lieber Baum, und danke allen Bewohnern! Es ist wundervoll bei euch! Wir kommen wieder!"

Der fröhliche Ruf eines Grünspechtes begleitete die beiden.

„Zauberer Hieronymus, ich muss dich etwas ganz Wichtiges fragen: Bei mir ist doch manchmal das weiße Elfenmädchen Lilly, ist sie auch ein Geist?"

„Ja Prinzessin Avaline, Lilly ist aus der geistigen Welt. Es ist ihre Aufgabe, dich zu begleiten."

„Im Schloss sieht niemand außer mir das Mädchen. Prinzessin Sabina lacht mich aus und sagt, ich spinne, da sei nur Luft. Warum sehe ich das Mädchen und die anderen sehen es nicht? Und warum sehe ich Zwerge und die Fee Julia und die andern sehen sie nicht?"

„Prinzessin Avaline, du hast eine große Gabe. Die haben nicht viele Menschen. Es kommt oft vor, dass kleine Kinder geistige

Wesen sehen. Aber ungefähr mit drei Jahren verlieren sie diese Sicht. Du bist schon älter, bei dir bleibt diese Fähigkeit erhalten als seltenes Geschenk. Danke dem Großen Geist für diese Gabe und bewahre sie in deinem Herzen."

„Bitte Zauberer Hieronymus, erzähle mir noch, wie die Bäume zu den Menschen sprechen wollen."

„Also höre gut zu: Einmal, als ich in der Stadt war, sah ich am Straßenrand einen riesigen Ahornbaum, dessen Äste weit auf die Straße hinab hingen. Der größte Ast sagte zu allen Menschen, die vorbeifuhren oder den Fußgängerübergang überquerten ‚Komm nicht hierhin, komm nicht hierhin!' Die Menschen beachteten den Baum nicht. Plötzlich fiel der riesige Ast krachend mitten auf die Straße und den Fussgängerübergang Zum Glück war da niemand in der Nähe. Noch ein Beispiel: Wenn die Männer die Bäume fällen, sagen die Bäume manchmal:

‚Du tust mir weh!' Leider verstehen die Menschen ihre Sprache nicht. Es gäbe noch viel zu erzählen, wie die Natur sich dem Menschen verständlich machen will und die Menschen auch vor Gefahren warnen und schützen könnte und möchte."

Avaline hatte aufmerksam zugehört.

„Ich glaube, ich verstehe die Sprache der Natur", sagte sie.

„Ja, Avaline, Du bist ein ganz besonderes Menschenkind."

Nachdenklich schweigend betraten die zwei das Haus, wo Hexe Waldtraut sie mit einem feinen Kuchen erwartete.

„Avaline, ab heute wirst du jeden Tag bei mir zur Schule gehen", sagte Zauberer Hieronymus eines Morgens.

Avaline machte vor Freude einen Luftsprung.

„Wie schön! Ich liebe es, zu lernen, alles ist so interessant!"

„Sehr gut, dann beginnen wir gleich. Wenn es das Wetter erlaubt, findet der Unterricht im Garten statt."

Prinzessin Avaline hatte im Schloss bereits Unterricht erhalten. Sie konnte fließend lesen und schreiben.

Zauberer Hieronymus brachte nun Schulbücher, Hefte und farbige Stifte.

Avaline setzte sich neugierig an den Tisch, bekam ein Heft und einen Bleistift und schrieb ein Diktat. Sie war überglücklich. Zauberer Hieronymus lobte sie und gab ihr das Thema für einen Aufsatz: „Begegnungen im Wald."
Während er eine nächste Lektion vorbereitete, schrieb Avaline mit glühenden Wangen über ihre Erlebnisse im Wald.
Später ging Avaline in die Küche und schaute der Hexe Waldtraut beim Kochen zu.
„So, Kind, hast du fleißig gelernt?"
„Ja, heute hatte ich Diktat und Aufsatz. Das hat mir sehr gefallen."
„Gut so. Ich sehe, du gehst gerne zur Schule. Du wirst einmal einen guten Beruf ausüben können."

Später saß Prinzessin Avaline hinter dem Häuschen auf einem Baumstrunk und sang. Die Zwerge umgaben sie und hörten andächtig zu. Auf einem kleinen Baumstrunk sah Avaline ein Gesichtchen, das ihr zulächelte.
„Ich bin ein Waldgeist", sagte das Kind.
„Komm, du darfst auf mir sitzen."
Prinzessin Avaline umarmte das Waldkind. Tränen kullerten auf den Boden.
„Hier sind alle so lieb", flüsterte sie.

Zauberer Hieronymus kam auf Avaline zu und nahm sie bei der Hand.
„Avaline, ich habe etwas für dich, mal schauen, ob es dir Freude macht."
Neugierig fragend blickte Avaline zu dem großen Mann auf.
„Was denn?"
Hieronymus zeigte aufs Dach.
„Siehst du da etwas?"
„Ja, ich sehe eine Eule."
„Das ist die Eule Angelika. Würde es dir Spaß machen, wenn sie dich von nun an begleiten würde?"
„Oh wirklich? Das wäre wunderbar!"
„Ich rufe sie jetzt beim Namen. Angelika, komm zu mir!"

Die Eule hob ihre Flügel und flog dem Zauberer auf die Schulter.

„Würde sie dann auf meiner Schulter sitzen, so wie Anatol bei dir und Samtpfote bei Waldtraut?"

„Ja, wenn du das möchtest, Avaline."

„Oh, dann rufe ich sie zu mir!"

Hieronymus nickte ernst.

„Angelika, kommst du zu mir?", fragte Avaline scheu.

Die Eule hob erneut ihre Flügel und setzte sich ganz sanft auf Avalines ausgestreckten Arm.

Das Kind strahlte.

„Angelika, du wirst jetzt Avaline überallhin begleiten. Sie wird deine Sprache lernen, ihr werdet gute Freunde sein."

Angelika hüpfte auf Avalines linke Schulter und knabberte kurz am Ohr des Kindes.

Hexe Waldtraut kam aus der Küche und wischte sich die Hände an der Schürze ab.

„Aha, da bist du ja mit deiner neuen Freundin. Heute Abend werden wir euch zwei am Feuer feiern. Komm jetzt erst mal in die Küche, wir backen einen Apfelstrudel."

Avaline begab sich mit Angelika auf der Schulter in die Küche und band sich eine Schürze um.

Hexe Waldtraut nahm eine Schüssel aus dem Schrank und wies Avaline an, aus dem großen Sack mit einer Kelle Mehl in die Schüssel zu füllen.

„Ich danke Mutter Erde fürs Mehl", sagte Avaline andächtig, wie sie es von der Hexe Waldtraut gelernt hatte.

„Da sind Wesen im Mehl", stellte sie erstaunt fest.

„Ja?"

Hexe Waldtraut schaute interessiert ins Mehl.

„Avaline, das sind der König, die Königin und Prinzessin Sabina. Es sind deine Gedanken, die du siehst. Fehlt dir deine Familie?"

„Ja, manchmal vermisse ich sie. Sabina langweilt sich sicher, allein zu spielen. Da ist aber noch ein Baby im Mehl."

Hexe Waldtraut erklärte Avaline:

„Prinzessin Sabina wird bald ein Schwesterchen bekommen. Du siehst es im Mehl. Wenn du erwachsen bist, gehst du vielleicht einmal auf einen Besuch ins Schloss"

„Ja, vielleicht", sagte das Mädchen.

Als Hexe Waldtraut Salz in die Schüssel streute, bedankte sich Avaline wieder bei Mutter Erde.

Dann durfte sie die Eier in die Schüssel schlagen.

„Ich danke den Hühnern für die Eier", sagte Avaline.

„Die Hühner haben mir heute Morgen gesagt, ich darf sie essen", fügte sie freudig bei.

„So, haben sie das gesagt? Das freut mich sehr, Kind."

Hexe Waldtraut strich Avaline zärtlich über die Haare.

„Bedanke dich immer bei den Tieren, dass sie dir als Nahrung dienen."

Avaline durfte die Äpfel raffeln für die Füllung des Strudels. Bei jedem Apfel, den sie in die Hand nahm, bedankte sie sich:

„Ich danke dir, Apfelbaum, für den feinen Apfel."

Zauberer Hieronymus trat zu ihnen.

„Avaline, wir haben dir jetzt einige Geheimnisse anvertraut. Heute Abend machen wir am Feuer ein Einweihungsfest. Du darfst jetzt die Zwerge einladen. Sie werden sich freuen."

Am Abend entfachte Zauberer Hieronymus auf dem Vorplatz des Häuschens ein Feuer.

Während Hexe Waldtraut Avaline ein Wolljäcklein brachte und sich neben das Mädchen setzte, auf dessen Schulter Angelika alles beobachtete, holte Hieronymus seine Trommel.

In der Dämmerung lief Hieronymus ums Feuer und schlug die Trommel; zuerst langsam, dann immer schneller, er wandte sich dabei in jede Himmelsrichtung.

„Ich begrüße die Geister des Westens, des Nordens, des Ostens und des Südens. Ich bitte sie um die höchstmögliche Energie in unserer Mitte."

Avalines Wangen glühten. Bald erhob sie sich und hüpfte hinter Hieronymus her, immer rund ums Feuer, in die Hände klatschend. Hexe Waldtraut, Lilly und die Zwerge folgten den beiden, ebenfalls klatschend. Eines nach dem andern begann zu singen.

Erst als sie alle müde waren, hielten sie langsam inne, die Trommelschläge verlangsamten sich, Hieronymus wandte sich nacheinander in alle Himmelsrichtungen.

„So Avaline, das war der Einweihungstanz. Du gehörst jetzt offiziell zu uns Schamanen. Schau diese Trommel etwas näher an."

Er reichte sie dem Mädchen.

Ehrfürchtig hielt Avaline die Trommel in der linken Hand und strich mit der rechten Hand über das Fell.

„Woher stammt dieses Fell?"

„Ein Hirsch hat es mir geschenkt. Ich war auf der Jagd. Aber ich bin kein gewöhnlicher Jäger. Ich warte, bis sich ein Tier vor mein Visier stellt und mir sagt, dass ich es essen und sein Fell für mich verwenden darf. So stellte sich ein Hirsch an den Waldrand. Er blieb dort ganz ruhig stehen und bot sich an. Ich dankte ihm und erlegte ihn, trug ihn dann ehrfürchtig nach Hause."

„Darf ich auch eine Trommel bauen?", fragte Avaline.

„Ja sicher, mein Kind. An deinem zwölften Geburtstag begleite ich dich auf eine schamanische Reise, dort wirst du erfahren, welches Tier dir sein Fell schenken will."

„Oh ja, bitte, bitte, das wird toll!"

Avaline sprang auf und trommelte, zuerst zaghaft, dann immer lauter und schneller.

„Das tönt wie Pferdehufen!", rief sie lachend.

An Avalines zwölftem Geburtstag wurde alles vorbereitet für ihre schamanische Reise. Zauberer Hieronymus entfachte ein Feuer. Hexe Waldtraut brachte Wolldecken.

Als alle um das Feuer saßen, fragte Hieronymus:

„Lilly, möchtest du gerne als Zwergenmädchen dabei sein?"

„Ja, bitte!" Lilly strahlte.

Zauberer Hieronymus hob die Hände, malte Zeichen in die Luft und murmelte Worte in einer fremden Sprache. Da stand auch schon ein hübsches Zwergenmädchen vor ihm.

„Danke, Zauberer Hieronymus. Ich fühle mich so wohl in meinem roten Kleidchen und der roten Zipfelmütze. Mit diesen tollen Waldstiefeln kann ich mühelos überall hin mitgehen."

„Das ist wunderbar, Zwergin Lilly. Avaline, möchtest du uns kurz schildern, was du nun vorhast?"

„Ich gehe auf meiner Reise in den Wald und frage, ob ein Tier mir sein Fell schenken will, damit ich eine Trommel bauen kann. Ich bin aufgeregt und gespannt, was dann passiert!"

Hexe Waldtraut gab ihr nun die Wolldecken. Avaline hüllte sich in die eine, legte die zweite gefaltet auf den Waldboden und legte sich darauf. Sie schloss die Augen. Zwergin Lilly setzte sich neben Avaline. Die Eule Angelika beobachtete alles auf einem Ast sitzend.

Hexe Waldtraut entzündete einen Kräuterstängel, nahm in die freie Hand eine Adlerfeder und lenkte damit den Rauch rund um Avaline.

Starke Düfte stiegen empor.

Zauberer Hieronymus begann nun, die Trommel zu schlagen, zuerst langsam und leise, dann trommelte er in jede Himmelsrichtung.

„Ich heiß die guten Geister jeder Himmelsrichtung willkommen bei uns zu diesem Ritual", murmelte er.

Avaline konzentrierte sich auf die Trommel. Als sie schneller schlug, schloss sie die Augen und ging in Gedanken zu ihrem Kraftort im Wald bei der großen Eiche. Sie berührte grüßend den Baum und stieg dann eine Strickleiter unter die Erde hinunter. Dort blieb sie stehen und sagte:

„Hallo liebe Tiere! Ich bin Avaline und frage euch, ob mir eines von euch sein Fell schenken möchte, damit ich eine Trommel bauen kann."

Die Trommel schlug unentwegt weiter.

Bald erschien Avalines Krafttier, ein weißes Pferd, gefolgt von einer Ziege und einem Reh. Freudig begrüßten sie Avaline. Das Pferd stellte sich auf die Hinterbeine und wieherte laut zur Begrüßung, vollführte einen Freudentanz und wieherte immer wieder.

Als letzte kam eine Hirschkuh direkt auf Avaline zu.

„Avaline, du darfst mein Fleisch essen und mein Fell für deine Trommel nutzen." Dann legte sich die Hirschkuh neben das Mädchen und legte den Kopf auf seine Brust.

„Ich gebe dir mein Blut zum Trinken", flüsterte das Tier.

Zutiefst berührt wischte sich Avaline Tränen aus den Augen. Sie umarmte das Tier und legte sich ganz nah neben die Hirschkuh.

Erst als die Trommelschläge schneller und lauter ertönten, erhob sich Avaline in Gedanken, bedankte sich bei der Hirschkuh und machte sich auf den Rückweg, stieg die Strickleiter hoch, begrüßte die Eiche und war mit ein paar Sätzen beim Feuer.

Die Trommelschläge wurden jetzt langsamer, hallten in alle Himmelsrichtungen und verstummten. Langsam öffnete Avaline die Augen, blickte in die Runde.

„War es schön?", fragte Lilly. Sie hielt Avalines Hand.

Avaline nickte. „Ja, sehr schön!"

Strahlend rekelte sie sich aus den Wolldecken und stand auf.

„Kommt, wir trinken alle eine Tasse Tee!", rief Hexe Waldtraut. Alle setzten sich an den Tisch und tranken den köstlichen heißen Beerentee mit Honig.

„Nun, Avaline, wie war deine Reise?"

Mit glühenden Wangen erzählte das Mädchen seine Erlebnisse während der schamanischen Reise.

„Die Hirschkuh hat mir ihr Leben geschenkt", beendete Avaline ihre Erzählung.

Hexe Waldtraut erhob sich, ging zu ihr und nahm sie in die Arme.

„Avaline, die Hirschkuh hat dich etwas Wunderbares gelehrt: Sterben ist Hingabe an das Leben."

In den kalten Wintertagen lehrte Hexe Waldtraut Avaline stricken, nähen, häkeln und Kleider ausbessern. Am Abend saßen sie alle am Ofen, Avaline strickte Socken für Waldtraut und Hieronymus, Waldtraut strickte eine größere Jacke für Avaline und Hieronymus rauchte seine Pfeife und erzählte Geschichten. Lilly saß zu seinen Füssen.

Im Frühling, als Zauberer Hieronymus den Garten herrichtete, durfte Avaline beim Pflanzen, Säen, Tränken und Jäten helfen. Auch im Haus gab es viel zu tun. Avaline half ihren Zieheltern, das Häuschen zu putzen, vom Keller bis in den Estrich, sodass es in neuem Glanz erstrahlte für das Frühlingsfest der Fruchtbarkeitsgöttin Ostara.

Avaline war sehr wissensdurstig. Zauberer Hieronymus brachte ihr jeweils von seinem Stadtbesuch einen Stapel Bücher. Das Mädchen lernte Latein, Französisch und Englisch, später studierte sie Astronomie und Astrologie.

Hexe Waldtraut hatte entdeckt, dass Avaline heilende Hände hatte.

Wenn ein Tier Schmerzen oder eine Verletzung hatte, half Avaline, indem sie ihre Hände auflegte. Binnen kurzer Zeit waren die Tiere wieder gesund. Die Tiere wussten es und kamen in die Nähe. Eines Morgens saß ein Hase mit erhobener Vorderpfote vor dem Häuschen.

„Du armes Häslein! Zeig mal her!"

Avaline kauerte zum Hasen und untersuchte zart seine Pfote. Dann legte sie ihre Hände um die verletzte Pfote und blieb so lange, bis der Hase ihre Hände mit seinem feuchten Näschen berührte. Der Hase saß nun für einige Tage jeden Morgen vor dem Häuschen und ließ sich die Hände um die Pfote legen. Bevor er dann jeweils in den Wald zurückging, strich ihm Avaline liebevoll über Kopf und Rücken. Eines Morgens hoppelte der Hase zu Avaline und stellte sich auf die Hinterbeine. Vertrauensvoll legte er seinen Kopf in ihre Hände. Da wusste Avaline, dass seine Pfote geheilt war. Täglich kam der Hase nun vorbei und sprang dann mit einer Rübe wieder in den Wald.

Später lehrte Hexe Waldtraut Avaline, die Heilkraft der Kräuter zu kennen und anzuwenden. Avaline holte mehrmals Farnkraut und legte es Hexe Waldtraut auf ihre von Gicht schmerzenden Füße. Zusätzlich legte sie ihr mehrmals täglich die Hände auf.
„Danke dir, mein Kind. Das tut so wohl."

Weihrauch

Als Avalines achtzehnter Geburtstag nahte, führten Zauberer Hieronymus und Hexe Waldtraut ein ernstes Gespräch mit ihr.

„Avaline, du wirst immer unser geliebtes Kind bleiben, aber du bist jetzt erwachsen.

Wir kennen einen Königssohn, der dich gerne kennenlernen und heiraten möchte.

Könntest du dir vorstellen, in einem Schloss zu leben als Königin? Der Königssohn würde dir freie Hand lassen, du dürftest schalten und walten nach deinem Sinn. Er hat gehört, dass du heilende Hände hast, du dürftest gerne in seinem Volk als Heilerin wirken, auch bei den Tieren."

„Woher weiß er das alles?", fragte Avaline erstaunt.

„Er hat es auf die gleiche Weise erfahren, wie wir von ihm. Wenn du möchtest, entzünden wir Weihrauch. Dann siehst du ihn."

„Ja, bitte!" Die junge Frau war jetzt sehr aufgeregt. Zauberer Hieronymus holte ein mit Sand gefülltes Terrakottagefäß, legte Kohle hinein und entzündete sie. Auf die Glut legte er Weihrauch und segnete ihn.

„Lass uns den Königssohn sehen, der Prinzessin Avaline heiraten möchte", flüsterte Zauberer Hieronymus und legte seine Hände über das Gefäß. Duftender Rauch stieg empor.

„Avaline, schau in den Rauch!", sagte er zu der jungen Frau. Da sah Avaline einen jungen Mann im Weihrauch. Er verneigte sich vor ihr.

„Ich bin Prinz Eric. Mein Land besteht aus Hügeln, großen Wäldern und Feldern. Es gibt viele Städte und Dörfer mit lieben Menschen. Seit einem Jahr bitte ich den Großen Geist, mir die Prinzessin meines Herzens zu zeigen. Ich sehe, wie liebenswert und intelligent du bist. Du kannst meinem Land von großem Nutzen sein mit deinen Heilkräften und deinem Wissen um die Sterne. Ich habe mich in deine wunderschönen Augen und deine braunen Locken verliebt wie auch in dein liebenswürdiges Wesen. Bitte komme zu mir und sei meine Königin. Du wirst an meiner Seite weise und gütig regieren."

Der Königssohn verneigte sich wieder.

Avaline legte eine Hand auf ihr Herz und verbeugte sich.

„Es berührt mich sehr. Ich danke dir. Bitte lasse mir Zeit bis morgen, damit ich mir alles in Ruhe überlegen kann."

„Die Ausstrahlung des Königssohns Eric lässt in mir viele Saiten erklingen", sagte Avaline am nächsten Morgen zu Zauberer Hieronymus und Hexe Waldtraut.

„Wenn ich den Kontakt mit euch behalten und euch jederzeit besuchen darf und wenn Lilly und die Eule Angelika mich begleiten dürfen, sage ich gerne Ja."

So kam es, dass Avaline an ihrem achtzehnten Geburtstag mit dem Königssohn Eric ihre Verlobung feierte.

Ein Jahr später heirateten die beiden und der Königssohn holte seine junge Frau auf sein Schloss.

Schloss

Avaline wurde im ganzen Land bekannt als Heilerin. Im Laufe der Zeit schenkte sie drei Prinzen und einer Prinzessin das Leben.

Inzwischen waren Avaline und ihr Gatte Königin und König geworden. Sie herrschten gütig in ihrem Land und schenkten ihren Kindern viel Zeit und Liebe.

Eines Tages erhielt Königin Avaline im Weihrauch eine Botschaft von einem König, der in einem fernen Land regierte. Er litt an einer unerklärlichen Krankheit, hatte schon alle Heiler seines Landes aufgesucht und viel Medizin geschluckt, aber nichts hatte ihm geholfen.

Nun hatte er von den Heilkräften einer Königin gehört. Er bat sie, auf sein Schloss zu kommen, damit ihre Kräfte ihn heilen würden.

Königin Avaline besprach sich mit ihrem Gemahl, König Eric, überließ ihm ihre gemeinsamen Kinder und machte sich in einer Kutsche auf den Weg in das ferne Land. Als sie sich dem Schloss näherten, sah Königin Avaline, dass dies das Land ihres Vaters war. Der kranke König war also ihr Vater.

Königin Avaline wurde mit allen Ehren im Schloss empfangen. Sie erhielt zwei Turmzimmer und konnte sich erfrischen und ausruhen von der Reise. Am nächsten Tag holte sie der Kammerdiener und brachte sie zum kranken König. Avaline erschrak, ihren Vater so gebrechlich und leidend zu sehen. Der König erkannte in der Heilerin sogleich seine älteste Tochter. Erschüttert nahm er ihre Hand, Tränen liefen ihm über die Wangen.

Auch Avalines Mutter erkannte ihre Tochter. Sie nahm sie in die Arme und weinte von da an viele Tage und Nächte ununterbrochen.

Während mehrerer Wochen legte Königin Avaline ihrem Vater morgens und nachmittags jeweils während einer Stunde die Hände auf und gebot ihm nachher, sich hinzulegen. Sie ließ auch Tee aus speziellen Kräutern für ihn aufbrühen und wies ihn an, davon täglich zu trinken. Langsam wichen die Schmerzen aus dem Körper des Königs. Jeden Tag konnte er etwas besser gehen und sich etwas länger aufrecht halten. Bald unternahm er Spaziergänge im Park, in Begleitung seiner Gemahlin oder einer seiner Töchter. Im Schloss freuten sich alle darüber, dass der König langsam gesund und wieder fröhlich wurde.

Als die Genesung des Königs weiter fortgeschritten war, entschied Königin Avaline, in ihr Land zurückzukehren.

Der König ließ ein Mahl auftischen, an dem die ganze Königsfamilie teilnahm.

Als alle um den Tisch saßen, erhob er sich und sagte:
„Ich war sehr krank. Alle Heiler und Heilerinnen meines Landes konnten mir nicht helfen. Aber diese Königin aus einem fer-

nen Land hat mich geheilt. Die Königin, die hier neben mir sitzt, ist meine erstgeborene Tochter. Avaline, deine Mutter und ich bitten dich um Verzeihung für alles, was wir dir angetan haben."
Er schloss seine älteste Tochter in die Arme.
Auch die Königin und die Prinzessinnen Sabina und Annina umarmten nun Königin Avaline.

Avaline lud sie alle auf ihr Schloss ein, damit sie ihren Gemahl und ihre Kinder kennenlernten, sowie auch Hexe Waldtraut und Zauberer Hieronymus. Die beiden wohnten seit einiger Zeit im Schloss. Königin Avaline kümmerte sich persönlich um das Wohlergehen ihrer betagten Zieheltern, die nicht müde wurden, den kleinen Prinzen und der Prinzessin Geschichten zu erzählen, wahre und erfundene.

Die Autorin

Elisabeth Rösch wurde in Luzern geboren und wuchs später im Luzerner Seetal auf. Sie ist Mutter von drei Söhnen und einer Tochter und war als Sekretärin tätig. Die Autorin hat verschiedene Schreib-, Traum- und Märchenseminare besucht (Dr. Jürgen vom Scheidt, IAK München) sowie schamanische Seminare bei Andrea Schumacher und Carlo Zumstein.

Das vorliegende Märchen ist die dritte Veröffentlichung der Autorin, die vorher unter ihrem Pseudonym Isabel Annina Buchengold schrieb.

Barbara Veronica Della Monaca hat die liebevoll gestalteten Illustrationen beigesteuert.

Der Verlag

VINDOBONA
VERLAG SEIT 1946

ein Verlag mit Geschichte

Bereits seit 1946 steht der Vindobona Verlag im Dienst seiner Bücher und Autoren. Ursprünglich im Bereich periodisch erscheinender Journale tätig, präsentiert sich der Verlag heute als kompetenter Partner für Neuautoren am deutschen, österreichischen und schweizerischen Buchmarkt. Engagement, Verlässlichkeit und Sachverstand – das sind die Grundpfeiler, auf denen der Verlag seit jeher sicher steht.

Sie möchten mit Ihrem Werk das vielseitige Verlagsprogramm bereichern? Der Vindobona Verlag garantiert Ihnen eine professionelle Prüfung Ihres Manuskriptes durch das Lektorat sowie eine zeitnahe Rückmeldung.

Genauere Informationen zum Verlag finden Sie im Internet unter:

www.vindobonaverlag.com